詩集

ウシュアイア

松沢 桃 *Momo Matsusawa*

砂子屋書房

＊目次

装本・倉本　修

詩集　ウシュアイア

わたしは　なつかしい記憶の海で　できているのだろうか
ときおり　海の滴がふたつの小さな窓から　こぼれおち
かわいた風を湿らせ　夕陽を翳らせ　旅人を眠らせる
ひととき　こどもにかえる呪いの　儀式に似て
そらと引きあう海よ　存分に　わたしを満たすがいい

城壁に立つ

初夏の陽差しが　西安の旧市街の甍をあたためる
城壁の内側に　いくらか覗く古い街並み
日曜の朝市は　出回りはじめた西瓜や青物がめだつ

西の城門から南の城門への散策
そぞろ歩き

電気カート　レンタル自転車など
内外からの客が目立つ
しばらく行くと
ビルの谷間に　道路が左手に見える
シルクロードへの起点の場所
現在も幹線道路
道路の向こう遥かに　西域がある

じつをいえば
昨日まで一〇日あまり旅をしていた　ところ
タクラマカン砂漠縦断と西域シルクロード横断のひとふで書き
現代の交通機関を駆使したツアー
航空機　バス　新幹線　夜行列車を利用

西安にも敦煌から空路入り　眼下の道路は未踏
西域とは
明らかに異なる空気とひとびと　建物　漢族の都会

胸にひととき鮮やぐ
ウィグル族のガイド女史のしろい容貌と声音

城壁は　堡塁であり　なおかつ
むかしもいまも　ロマンを駆立てる不思議の扉でもある

白昼夢

なにもない　そのようなこと
はない　風はつねに準備がで
きている　あさぼらけ　ひる
さがり　ゆうづくよ　やぶん
見知らぬ小動物がかおをのぞ
かせる　みどりもある　胡楊
の林がひろがる　泉は暮らし
のあかし　碧眼のまなざしは

明るく哀色をものみこむ　ふ
たこぶラクダに揺られながら
微細な砂にカメラをとられる
ラクダ使いのウィグル語がひ
としきりとびかう　客の値踏
みでもしているのか　砂丘の
片面を濃い影が　おおう空間
を斜めに斬る　シャープな潔
い巨大三角形が現われる　か
たわらを　茫然とたちつくす
陽はたかい　いちじんの風が
ひそむ果てのない　三六〇度

某月某日のタクラマカン砂漠

莫高窟事情

美菩薩五七窟をたのしみにした　莫高窟ではなかったか
ウツウツグルグルとたちのぼる　問う声

東西の十字路　河西回廊　敦煌の郊外
全七三五窟のうち四九二窟が　公開されているとのこと

当日　巡ったコースは
九四　九六　一四八　二二六　二四四　二五一　一六　一七
最後に　塑像の代表格の四五窟を巡る　九ヶ所
五七窟は　なかった
懐中電灯に浮かびあがる　壁画や天井画　塑像
近場で調達できたのだろうか　赤がふんだんに使われており
青はラピスラズリ　豊かさがうかがえる
金や白など　あざやかな色彩にみちていた
描かれている世界は　仏への篤い信仰　祈り
時代を　交流を　映す鏡　インド　ギリシア　中近東などなど
ときには　寄進者が幾人も顔をのぞかせる
服装や風貌　表情などが　特徴的で　出自が特定できるという

少々興味を殺がれた格好のまま　案内される窟へ
ときには
印象が　曖昧に拡散されてしまうのは　旅の疲れだろうか
いくつもの階段や通路をめぐり　縦に横にすすむ
扉が施錠されている窟が　数多くある
特段説明はないが　メンテナンス中なのだろう
おそらく五七窟も閉鎖　機会を逸する

平山画伯の俤が　浮かんでは消える一日
現地に居ながら　観ることがかなわない　もどかしい現実
彼が絶賛した五七窟は　限りなく幻影のむこうに

訪ねることは　二度とないだろう

おわりのはじまりの旅

うちなるかぜに　こいするがいい
わたしはわたしだと

まっくらやみ　の　はて
ちいさなてん　が　ひとつ
すすめ　ひたすらに

おろかなおのれを　あゆめ

だれと　ゆくのか
こえが　かすかにきこえる
あしたはきのう　ゆうべはみらい

ひとりぼっちと　わらう

空のカンタータ

まならを　旅する雲は　どこへゆくのか

浅緑に　春雲があわく刷き
夏天を　綿帽子雲　太郎と呼ばれ
秋旻は　鰯雲をあそばせ
凍空のもと　白い蝶々雲は　あらわれては消え

雲よ
午睡の風に　樹の枝に　影となり
明日を昨日を　ともに歩こう
思春期を
ひとり占めした　黄色い雲のように
わたしを　掠ってゆけ

青い街シャウエン

朝に洗われた青が立ちあがる
人気のすくない路　右も左も
うしろも前も青の濃淡　グラ
デーションが咲う　看板から
壁ドア窓枠屋根にいたるまで
店が並ぶ露地やメインストリ
ート階段坂道など　ホテルレ

ストランも例外ではない　開
店してしまえば壁も扉もディ
スプレイで色は半減　青い街
全体を味わうなら早朝とにぎ
やかな昼間の二回がポイント
かつての住民ユダヤ人が家を
青く塗っていたとか　イスラ
エル建国により彼らが去った
後も引き継ぎ　いまでは街そ
のものが青一色　各家庭の好
みの色でペイント　紫や紺に
近い濃い色から淡い水色まで
多様　ぶどう棚の木陰も青い
風がみどりの葉をゆらしてゆ

く　吐く息さえも青に染まる
此処彼処に猫がいる　猫好き
にはたまらない処だ　日溜り
は猫家族の食餌タイム　観光
に一役かい　客たちの被写体
となる　ホテルの屋上からの
眺めは極上のシャウエンブル
ー　モロッコの小さな山間《やまあい》の
街を　欧米人の避暑客とまじ
り現地《ワイルド》仕様パンツで闊歩せよ

摂氏四五度C

烈日の午前　七月半ば　青天
古代ローマ遺跡
ヴォルビリス考古遺跡を　めぐる　一時間
日陰は　ない
見わたすかぎり石造建築物が　つらなる

おなじみの石で舗装されたローマ道を　歩く
照り返しが　ある
帽子や日傘　サングラス　日焼け止めクリーム
どれほどの効果が　あるのかしら
熱暑対策
長袖シャツや手袋でガードしても
日射しからは　逃れられない
ミネラルウォーターを　幾度も口にする

貴族の邸宅跡　色が美しく残っている床のモザイク画
神殿　凱旋門　礼拝堂の遺構　囲いのないオープン水洗トイレ
浴場　キャピトルにそびえる柱など　観てまわる

ガイドの説明口調　移動の歩調
徐々に　速度を増してゆく
カメラ撮影の客を　置き去りにしかねない
添乗員の注意も　上の空にみえる

炎天は　ますます真昼に向け　力を増すばかり

四〇分を過ぎた頃から
客も　暑さ負け　見学に身が入らない
天秤にかけはじめる　地獄の暑さと見学

ガイド　突然の宣言
「ショートカット」　草ぼうぼうの小径を　斜めに駈ける
最終行程
見えている門やら柱　遠望したのみ

冷房設備の整う新博物館へ　ガイド客等とともに　ダイブ
冷房シャワーのお出迎え　となる
客からの不平不満は出ず　自由観覧となった
畏るべし　酷暑四五度Cの実力

地理に遇う——喜望峰

ひかりだけが　在った
海のほかには
岬の先で　まじわる
右が　大西洋
左が　インド洋

何世紀経ようと　変わるものはなく
海は　ひかりの源でもあった
希望や未来という

大航海時代の記憶が
いまも生きている　のだろうか
海の遠吠えに

ジャカランダの誘《いざな》い

首都《まち》は　ジャカランダで　できている
パープルシティの異名がある
薄紫　青紫　むらさき　藤紫　深紫《こきむらさき》　ときには白も
とぎれない花の明かり
道も　うっすら紫の絨毯《カーペット》を敷きはじめた
七万本あまりの木々が　いっせいに歌いだすのだ
二週間

静かなる交響楽が　鳴りひびく

人種差別や経済格差などの　現実を
背後《うしろ》に　追い遣る
ひととき
花が　ひきおこす　化学反応

教会の庭や公園　商店街の通り　並木道　軒先
そぞろ歩き　落花《はな》を手にとると　あえかな甘い香り
野天のジャカランチのご馳走　ワインがことに美味い
大使館通りにほど近い高級住宅街
息をのむ純白に　出遇う

五分咲き　八分咲き　満開　散り初め
訪う人の運次第

いちにち
プレトリアを巡れば　花狂い
夜の風に　漏斗状の花弁《はなびら》が散る　ぽとりぽとりと

キリンのなみだ

はるのあめが　まっていた
テーブルマウンテン
ふもとのてんき　は　あてにならない
げかいのけしきは　のぞめず
ひたすら　あるきまわる
なまえをしらない　はなに　であった

ちいさなばいてんで　だんを　とる
ちいさなキリンのおきものを　もとめた
パンフによれば
キリンは　くびをねじり　じさつこういにおよぶことが　ある
ほんとうだろうか
しんじつは　かぶんにしてしらない

ケーブルカーは　あめのにおいをまとう　ガラスばこ
じょうきゃくのためいきが　うつる

キリンのなみだあめに　あったのだろうか
ポケットのきりんを　ギュッとにぎる

青を生む

夏でも寒い
風は　氷河とおなじ　青に澄む

氷河は　人間が発見する　はるか以前から
宙とともに　時をかさねてきたのだ

氷河ブルーは　天然の申し子
裂け目深くゆけば　青が深みを増し　幻想の青となるだろう
湖面の大小の氷河の片割れも　青みをおびる
断崖は　高さ六〇余メートルにもおよび
半透明に連なる　厚みのある白に青がかげる巨大《モンスター》の屏風だ
時季がくれば
滝のごとく　湖になだれこむ　阿修羅なる崩落

いまは
とおくで内部で　かすかな準備の気配　音がする

ウプサラ氷河／スペガッツィーニ氷河　アルゼンチン
氷が青く見えるのは　太陽光が氷の中で屈折し　青
い光だけが反射し　他の色は吸収されるためである

ウシュアイア

ぴりぴり　きりきり　ひりひり
索めるものが　ある
細胞のすべてが　アンテナ

想いが凝って　人形《ひとがた》となり
最果ての地に　たどりついた

ティエラ・デル・フエゴ国立公園
みつけた　痕跡
最前線の木立のみが　一様に傾ぐ
はげしく斜めに　幹も枝も
アンデス　太平洋　南極　三方から吹きつのる
颪の坩堝の　現場

出遇いは　突如訪れる
予想だにしていなかった　場所
コンドル展望台
フィッツロイ山の朝日観賞をするため

夜中の登山
展望台は　風速五〇メートルの岩場
岩にしがみつき　夜明けを待つ
ひたすら飛ばされないよう　身をかがめ寒気に堪える
ついに
淡い朱に輝くフィッツロイが　あらわれた

二度目は
夕刻　パイネ国立公園のグランデの滝観光
礫となって襲う　風と雨の二重奏
まともに眼が開けられない　肌を刺す痛み
名称とは開きのある　こぶりでゆるやかな滝
嵐をおして　カメラにおさめる

風神との邂逅だ
本命のウシュアイアではなかったが
同じパタゴニア圏内の場所としては　遜色ない

突如　脳裏を撃つ景色

そうだ　あれは真逆の冬だった
先住民ただひとりの　生き残り女性のインタビュー番組
アジア系の風貌と肌の色
子も孫も話せない「言葉」で　誇り高く生きていた

街の博物館には　暮らしの道具や歴史が展示されている
が　その人はすでにいない
失われたものは　とりもどせない

ウシュアイアであうなら　冬
烈風が雪とともに　吹き荒れていよう

ベナレスにて

巡礼者が土産に持ちかえる　壺を満たした
ガンジスの水は　何年経っても腐らないと
いわれている　都市伝説のひとつだろうか

道端で売られている素焼きの素朴な壺　土
産の重要なアイテム　リキシャを駆り　人

でごったがえす街中を走りぬける　ひった
くりにあわぬよう　座席でしっかり手提げ
をかかえる　すれすれの道行き　プージャ
見学　川岸を埋めつくす祈りの大音声　全
身をつらぬく　灯籠流し　舟から水面にの
べる花と灯りのなか　水は昏い茶褐色　翌
早朝　沐浴見学　川の水を手で掬ってみる
陽にこぼれる水は　色はついているが透き
とおっていた　一瞬美しいと　内心のこえ
彼方と此方には　煙のあがる焼き場　灰が
堆くつまれている　川面に瞳を凝らしてみ
れば　ながれてゆく獣らしき屍骸が　ある
岸近くで沐浴する人々は川の水で口を漱ぐ

ヒマラヤの雪どけ水に端を発する　大河ガンジス　昔からかわらない聖なるガンジス

異国の人間が真似をすれば　おそらく体調不良　下痢　免疫がない　死者と生者に目礼　川は　乾季の空をふところに下りゆく

空中散歩

まだ暗いなか　洞窟ホテルを出る
徐々に見えてくる　バルーンの前線基地
まさにいま　バーナーで熱せられ　膨みはじめているのだ
操縦士はひとりだが　多くの男たちが携っている

カッパドキア名物　熱気球の空中散歩

一〇〇近いバルーンが　次々と　飛び立つ
昨日は　強風のため中止
その分　今朝は多い
カラフルなバルーンが　右左上下と　自在に飛ぶ
バルーンの籠には
操縦士《パイロット》を中央に　左右計二〇人ほどの乗客

朝日を　あざやかに目撃
空気が　清んでいる

洞窟住居や畑　街　道路など　暮らしぶりを覗き見
超低空飛行の折には　畑仕事の人と会話ができる
奇岩見物の客たちと　手を振りあう　近い　表情がわかる
キノコやトンガリ帽子風の岩が群れなす地形を　舐めてゆく
上空にて　あまたのバルーンの景を眺める　爽快さもある
青空に咲きほこる　花畑の出現
色とりどりの花のオンパレード　朝を席捲する

ジェット機でもない　小型飛行機でもヘリでもない
バルーンは直覚的だ　客自身も風を切り　冒険心も擽られる

めくるめく舞台は　六〇分あまり

旅の贅だ　いささか浮かれる
遊覧後のモーニングシャンパンが　効いたのだろうか
最後に　熱気球体験証明書が　配られる
（ひとりパイロットのサイン入り）

祈りの流布

いくどかのアザーンの経験は　ある
それに匹敵する
スピーカーによる　御経の大音量の拡散　耳をうつ
信仰心が篤いというべきか

日曜日の仏歯寺

くらいうちから　街に流して　はばからない
開門は午前六時　というのに
午前四時
すでに　バスが走っている
門前にならぶ　三三五五の善男善女
街灯のもと
花など捧げものを手に　ひたすら待つ

異邦人　バルコニーに佇つ
寺の向かい　クイーンズホテルの二階の客

シギリヤロック

圧倒的なみどりの大海原　熱帯ジャングルの現出　街や道路など人工物は添景とうつる　大パノラマにただただ溜め息　雨期の晴れ間にあたる　途次フレスコ画のシギリヤレディが待ち受ける　精巧なレプリカは博物館に展示され　写真撮影もＯＫ　岩上の王宮跡は　王の一場の春夢なのか　王位

のため父を殺し弟と争い　短命だった栄華
一二〇〇段の階段の上には悠久の空が高い

だらだらと　ゆるやかな勾配がついた道を
段差をのぼる　気づくと　半分以上を消化
急峻になる階段　落下防止の金網　一旦広《ライオン》
場《テラス》に出る　スズメバチの大きな黒茶けた巣
が数ヶ所　対策用の赤十字のテントが控え
る　彼らの不活発な午前は　観光に適した
時間といえる　ライオンの足を象る巨きな
岩の間の階段を登れば　汗を労る風と鳥瞰
図を味わえる　天空の主の気分満喫の散策

夏の宮殿——ペテルゴーフ

五〇年の歳月を　支えつづけた熱量
いったい　どこに在るというのだろうか

京都の四畳半にみたない部屋
仕事と読書と逍遥の日々
世界地理のシリーズをもとめる

繰り返しながめた世界の窓
隣人の大学生との交流から芽生えた旅へのあこがれ
釘付けになったグラビアの頁

ようやく　巡り逢える
ピョートル大帝の夏の宮殿　ペテルゴーフ

華麗な階段を飾る　彫刻群の黄金色に迸る　噴水
かつてインプットされた光景を　見いる瞳

噴水の水は　運河へと流れこむ

その先は　フィンランド湾
遊びごころに溢れ　ウイットに富む
散策の道の両側から
人が歩けば　足元めがけ噴きだす　小さな細い曲線
砂利が敷かれた区画も
人を感知し　不意に　地下の噴水がおそう　仕掛けだ
濡れるユーモアがいる
夏だから　歓迎されよう
こどもたちの歓声や　貴婦人たちの微苦笑が　容易に浮かぶ
動物や植物　鳥類などを模した　多くの噴水
動くもの　泳いでいるものも　ある
多様なタイプの噴水は　みるきくふれる歓びを醸し
来客を退屈させせない

大帝自身も　大いなる幸福な時間だったのではないだろうか

初秋の庭園は
まだ色とりどりの花が咲きほこり　目をたのしませる
鈴生りのあおいリンゴの木（生では食さずジャム用だとか）
並木道もみどりが支配していた

夏の名残りの風が　頬を胸を　青春《あお》く染めてゆく

今昔ものがたり

まちがい　では　ないのかしら
あのホテルが　とうに無くなっていたなんて

現在《いま》は　みどりの多い　市民や観光客が憩う　公園
モスクワ川に突きだした　∩字型の展望台を兼ねた　遊歩道
赤の広場に隣接した　恰好の観光スポット

ガイドによると　四〇年ほど前に壊されたとのこと

グム百貨店のとなりに　建っていた
ロシアホテル
海外初旅の　初ホテル
窓からの眺め　モスクワ川の夕景に魅入った
あまりに多いキャビアにたじろいだ　ディナー
トイレ用の紙がゴワゴワとかたい　大きなバスタブ
背の高いドアボーイ　ガランとした殺風景なエントランス

今回のツアーでは　一度も食卓にのぼらなかったキャビア
グム百貨店の欧米化に感嘆　客でごったがえす通路
ブランドショップがずらり　華やかなデパートに変身

愛敬のない公務員然とした　サービス精神皆無の店員
全体にくすんだ印象が　ついてまわる
ガラ空きのショーケース
うすぐらい照明　活気がない
共産圏の経済力に　疑問を覚えた　モスクワ滞在
だが　地下鉄の駅は見応えがあった
大理石仕様　核シェルター兼用での深掘りの見事さ
ホームが遠い
エスカレーターの長いこと

レーニン廟に　列をつくった覚えがある
後日
北京で　毛沢東の遺体をも　目にしたことがあるが
今日《こんにち》も
観光コースに　両廟とも入っているのだろうか

クレムリン　赤の広場
大鐘は　昔ながらに　壊れたままの展示
クレムリンの主は　現在　プーチン大統領
（あの頃はソ連　ブレジネフ書記長がトップだった）
一九七二年五月出国　一二月帰国の七ヶ月間の西欧州《ヨーロッパ》の旅

横浜から船でナホトカへ渡る
ナホトカからハバロフスクまで　シベリア鉄道
ハバロフスクからモスクワまで　アエロフロート

二〇一八年九月　セントレア発着　ソウル乗継ぎ　サンクト・ペテルブルク着　帰路モスクワ発　ロシア周遊一〇日間の旅

ヒゲをはやした　列車の女車掌
突っけんどんな　機内の食事サービス　狭い硬い座席
自由行動がゆるされたのは　二、三時間ほど
地下鉄　一区間往復乗車してみる
ホテル周辺　赤の広場をブラブラ散策

ヨーロッパへ行くための　通過点
に　すぎなかった

他の地に目を向ける　時間的余裕はなかった
ロシア文学にゆかりのある地
ボリショイ・バレエ他
エルミタージュ美術館
ピョートル大帝の夏の宮殿
大黒屋光太夫の足跡の追体験　など

四〇数年を経て　降り立った　青春回帰の地
短い正味一週間を　光と影がからみあう
（観光初日　スマホとオペラグラス　掏摸に盗られる）

遁走

三度　めまいをおこしたのだろうか
なにも覚えていない　季節を売り渡してしまった

青臭い道行き　夏の終わり　別れが待っていた
旅の宿でかわしたのは　ソッポを向いた　ニセ証文
指からこぼれた　恋の影法師

どれも　時間のたった　キスのようなもの
時が経てば　あとかたもなく消える　かげろう

贖罪は　できない
ともに行方不明　の　ままだから

船あそび

ファルーカの風を
ナイル川で　知ることになるだろう
運がよければ

風まかせのちいさな帆船
風がなければ　ひたすら漂うだけだ

エンジン付きの船に　上流へ引張ってもらうか
ひとり　太い大きな櫓を懸命に漕ぐことだ
下流に向かうときは
流れに乗り　身をまかせればいい

風待ちのファルーカは　岸辺で微笑むばかり
真ン中の帆が　川にあそばれている

時の横貌

想いが祈りとなり　神域を彩っているのか
二一世紀の現代をも　幾つものスフィンク
スに迎えられ　塔門をくぐる　カルナック
神殿の白眉とたたえられる　大いなる石柱
群がつらなる空間　二〇〇〇年もの長きに
わたる　時と熱情と意思のゆるぎない連鎖
歴代ファラオたちは　おのれの物語を功績

を紡ぐため　営営と増築につぐ増築を敢行
中央のアモン神殿は　三〇ヘクタールとか
富と権力をカタチにし　時代を超え競いあ
う　美と偉の世界　一三四本もの大列柱室
を過ぎ　オベリスクを高々と見上げ　神殿
巨像　庭へと至る　未発掘の場所も　ある

建設こそ　力と尊厳を世に示す　恰好の場
誇示することこそ　最大の生きる原動力で
あり　至極当然の営為とみられたのだろう

レリーフには　陽のぬくもりが陰とともに

やどる　奥へと歩をすすめば　旧い年代の
建築物が　粛粛とひかえ　聖なる池が　あ
らわれる　沈黙の語り部は　廃墟をやどし
空の青を映していた　いつの時代も変らず

地球の割れ目をあるく

エチオピアのダロール地溝帯か　アイスランドの
ギャオか二者択一　生前　男はアイスランドに行
きたいと言っていた　が　エチピア行きを選んだ
両方の地を訪ねた人たちが　こぞってエチオピア
を推した　「行けば分かる」と　明るい声の反応

アザレ塩湖を過ぎ　乾いた塩の大地を　ジープが抜ける
黄色に燃える　硫黄の星雲が　渦まき
最初に目を射る
塩やマグネシウムの銀白色の縁飾りをつけた　あざやかな結晶

ガイドの説明は聞こえただろう　英語だから通訳
は不要　この地は死海までつづくアフリカ大地溝
帯の内部に位置する　いまも成長をつづけている
いつの日か　アフリカを二分する現場　呼吸する
真上を歩いている　充分味わい愉しんで貰いたい

台地は　鉄分の赤褐色をおび
青白色のカリウムや　銀白色のカルシウムをも
含み　ごつごつしている

段丘を張りめぐらす池は　小宇宙
エメラルドグリーンが　埋めつくしている
鏡の王国だ
トルコで観た　石灰棚の淡い水色の温泉と　酷似している
パムッカレ遺跡
当日は　あいにくの冷雨の日だったが

ソルトマッシュルームが　突出している
奇岩のひとつ
酷暑と永い時が　創りあげたもの
ときには　硫黄泉が　あちこちで　勢よく噴き出す
ガスマスク装着の指示も　出る

少し離れた場所に　ヌラヌラ底深く照る
オイルの　小さな黒い池

無彩色と極彩色　塩湖と池は　地溝帯と共に在る

目が眩むような時間を　男は堪能できただろうか
景観を　こころゆくまで見入っているに違いない

風は　ほとんどない
日差しは　強い

地球のダイナミズムに　皮膚《はだ》を赤銅《あか》色く焼かれた　一日

星降る山

ガスは霽れず　火口は白いまま
カメラを通せば　赫くかすみ
肉眼では　白い蒸気と映る　マジック
一瞬でもいい　強風が吹き
火口の炎のリンク全貌が　現れるのを待つ

少し高い熔岩の山に　よじのぼる
ふと
天上を見あげる
冷気のなか
夜空は　凛とさえわたり
星々が　近い
満天の星は　幾度も流れ星をうみ　またたく
昔の記憶と二重写しになる

然別湖の奥の星が映るちいさな湖で　みた　（一九六八年）
竹富島の星砂の浜辺で寝ころんで　みつめた　（一九七五年）
ヴェトナムへ航行する南シナ海で　ながめた　（一九七七年）
クスコの街を見おろす丘で　あおいだ　（二〇〇五年）

旅人たち　いま何処
消息も途切れ　久しい

東の空がしらむまで　星々の物語をささやきを　きく

エルタ・アレ火山は　遂に素顔を見せず
旅のハイライトのひとつ　潰える
六一三メートルを後に
熔岩道を砂地原を　ながながが下る

春秋

睦月

たちこめる昏い空気のゆらぎ　石窟の壁画や彫刻の数々
仏教ヒンドゥ教ジャイナ教と　紡がれる厖大な衆人の熱い想い
饒舌な絵物語の世界　手にふれる彫り跡のぬくみ
アジャンタ　エローラ　両石窟寺院群　祈りの合掌を聴く

令月

第二のエルサレム建設をめざした　王の気概が充ちた　時空
高地ラリベラ　岩窟教会群　エチオピア正教
岩を穿ち縦横に壮大な教会群を　エルサレムをモデルに創建
庭では日差しのなか　太鼓を叩き踊り祈る　聖職者たちがいた

桜月

スポットライトを浴び　音楽にのり　ステージを歩く
軽々と引きあげられ　板の上　裏手にまわればコーディネート
最新の革ジャケットを着せられ　即席モデル　と　相成る
まんまと商魂にのせられ　軽い子羊の革コート購入　トルコ製

花残月

飛行機のエンジントラブル　機内で二H余待ち機外へ移動
夜中まで中継の仁川のロビーにて　次便の切符手続の為待機
ホテルで眠れたのは一Hあまり　帰国翌日にずれる
約一ヶ月後　同航空会社の機の墜落事故　ニュース世界を巡る

皐月

アーユルヴェーダの効果　あり　専門店の二Hコース
料金は　インドのホテル内での一Hと比べ　半額以下とお得
シギリヤロック登頂の疲れやわらぐ　肌つやも良くなる
約一年後　テロ発生　多くの犠牲者が出た　平和が必須の旅行

風待月

ホテルが　緑のなかに埋もれるように在る　ヘリの視点
人間が自然のまっただ中に　ホテルを建てたのだ
イボイノシシやサルなどが　先住民　庭に出没するのは当り前
乾季のビクトリアの滝が　クリアに視界に飛びこんできた

七夕月

大砂丘メルズーガの朝日を　掌にのせ　星空とサヨナラ
アトラス山脈を越えフェズへ　モロッコの夏をゆく
メディナの夕べ　迷宮はすぐ夜のにぎわい　馬車の列　人熅れ
ミントティで午前をくつろぐ　切手とＳＤカードを売る雑貨屋

月見月

ハナツミ　キジウチ　少々不便な地域では仕方がないことだ
ドライブインがない　公衆トイレがない
中国の新疆《シンチアン》維吾爾《ウィグル》自治区　エチオピアの砂漠や山道など
インフラがととのっていない辺境の地　ペーパーが必携品だ

菊　月

世界遺産のキジ島に建つプレオブラジェンスカヤ教会の姉妹版
木造のポクロフスキー教会は　日曜ミサの最中　ロシア正教
住民たちが祈るなか　観光客は無粋な侵入者　早々に庭へ退散
素朴な味わいと木のぬくもりが特徴　小さなイコンを手にする

時雨月

食事を終えた後なのか　ゆったりくつろぐライオン一家
ジープが何台も押しかけ　ぶしつけな人間たちの視線が集中
反対に　彼らから視られているのか　ボツワナチョベ国立公園
午前ドライブサファリ午後ボートサファリ　一日闖入者となる

霜降月

狭い階段をゆく　きつい箇所を抜けると　突如空間がひらける
なにもない　いや　あったというべき場所　石造りの部屋
思いきり吸い込む　悠久の静謐を　眼を閉じれば　くっきり
ファラオが　よこたわる　ピラミッド時間

極月

世界で二番目に美しいといわれる　書店のドアを押す
劇場を改装　客席は本棚に　舞台は飲食コーナーに
二階三階からの眺めは　華やかな記憶そのままの明かるさ
西語の絵本を一冊需める　二度目のブエノスアイレスの散策

五歳の夏

「わたし　わるくないもン！」

なみだごえの　こうぎ
だあれも　きいていない
なぜ　しかられたのか　よくわからない
おさないながら　りふじんなしうち　だと　めのおくがもえ

しゃくりあげながら　うずくまる
おとなひとりがとおれるはばの　りんかとのあいだのみち
よるのとばりが　ちいさなかたまりを　つつみはじめていた
かじんは　まだ　かおをみせない

てんまつ　は　きおくからぬけおちている
くちおしい　かんじょうだけが　けざやかなけしき

かくれんぼ

愛も影も　とどかない
決して

わたしの領分では　ない
ホシの反対側で　泣いているから

想っていても　永遠に逢えない
あなたは
声を失くして　樹の下に立っている
こもれびの　祝福は　午前だけ
運命の歯車を回したのは
誰なの
見えない聴こえない　透明人間は
わたしの分身

めくるめく

いつのまにか　こんなに遠くへ来てしまった
はるかすぎて

蜃気楼を　ゆらぎを　見ているのだろうか
砂漠で見かけた　杳とした記憶
噴水の　無数のひかりを　僥倖を　歩いているのだろうか

みどりの濃い真夏の公園を
片田舎の駅前のロータリーを
幾重にも彫像がならびたつ階段を

あらわれては消え　消えてはあらわれる

いったい　どうしたことか
夜空の星が　落ちてくる
グルグル回転《まわ》り　降りそそぐのだ

気がついたら　草原の秋の風に　なっていた

幼な児の　老いた人の　貌をした　小川のせせらぎ
みんな　おまえ　だよ

どこかで　無情の時の鐘　を　聴く耳は
すっかり役立たずの　ロバの耳

あとがき

なぜ、詩を書くのか。

生きるため、死んでいたワタクシをとりもどすため。

本詩集は、前詩集『夢階　ゆめのきざはし』（二〇一二年刊）以来の、最近二年ほどの旅に材をとった第七詩集である。

この間、二〇一五年一月二〇日未明、夫が急逝。夫の死後、住居《マンション》を売却。独身時代も含め四〇年ほど暮らした東京から、生地に近い名古屋に転居。雑事に忙殺され、夫の死をかなしむ暇《いとま》もなく、ようやく涙があふれたのは転居後のこと。二年近く経っていた。生気の失われた表情を、当時の写真が物語る。

詩作も、数篇にすぎない。

夫が亡くなる直前の秋、地球儀を見ながら、行きたい希望の地を互いに話しあった旅談義。実現を目標に、パスポートを更新。サムソナイトのスーツケースを大中揃えた。

三回忌を終え、しばらくしてから旅支度をはじめる。

ふたりで訪ねるはずだった候補地も含め、一〇回渡航。若い頃の自由気儘な個人旅行ではなく、旅行会社のツアーに参加（身元引受人の姉の意向もあり、安全を優先）。日数は限られ、一週間から二週間。平均すると一〇日ほどの旅。

旅のあと、詩作に没頭。空白を埋めるかのように、原稿用紙にむかう。朝も昼も夜もなく、鉛筆が時を刻む。

詩と旅に、愛のパトスを。

松沢　桃

二〇一九年秋

著者紹介

松沢　桃（まつさわ　もも）

一九四八年三重県伊勢市に生まれる

詩集

『風の航跡』一九九九年（土曜美術社出版販売）

『予感』二〇〇一年（書肆山田）

『鏡の屈折率』二〇〇四年（書肆青樹社）

『青惑星』二〇〇八年（砂子屋書房）

『羇旅』二〇一〇年（書肆山田）

『夢階　ゆめのきざはし』二〇一二年（書肆山田）

日本現代詩人会会員

詩集　ウシュアイア

二〇二〇年二月二日初版発行

著　者　松沢　桃
愛知県名古屋市東区砂田橋三―二　大幸東一〇三―一一〇五　大澤方（〒四六一―〇〇四五）

発行者　田村雅之

発行所　砂子屋書房
東京都千代田区内神田三―四―七（〒一〇一―〇〇四七）
電話〇三―三二五六―四七〇八　振替〇〇一三〇―二―九七六三一
URL http://www.sunagoya.com

組　版　はあどわあく

印　刷　長野印刷商工株式会社

製　本　渋谷文泉閣